원작 옐언니

대한민국에서 '틱톡' 하면 절대 빼놓을 수 없는 대표적인 인물로 대중들에게 틱톡을 알린 주인공입니다. 2017년 어느 날, SNS 광고를 통해 우연히 틱톡을 알게 되었고, 호기심에 올린 영상들이 크게 인기를 끌면서 본격적으로 틱톡커 활동을 시작했습니다. 톡톡 튀는 상상력과 표현력으로 사람들에게 재능을 인정받으며 상위 틱톡커 자리를 굳건히 지키고 있지요. 더 재미있는 영상을 만들기 위해 오늘도 카메라 앞에 선 옐언니는 440만 구독자를 가진 유튜버로서도 끊임없이 레벨 업 하고 있습니다.

글 인도감

'그래서 그 악당은 대체 왜 그랬을까?'같이, 궁금하게 만드는 힘이 있는 이야기를 좋아합니다. 책을 읽는 어린이 친구들도 같은 궁금증을 나누며 함께 즐거워할 수 있기를 바랍니다.
지은 책으로는 『타키 포오 코믹 어드벤처』 시리즈가 있습니다.

그림 라임스튜디오

라임스튜디오는 『민쩌미의 쩜그레』, 『좀비고등학교 코믹스』, 『난 꼭 살아남을 거야!』, 『내일은 피겨퀸』, 『멋진 직업을 갖고 싶어!』, 『나 혼자 예뻐질 거야!』, 『예쁜 소녀 속담』, 『천하무적 수수께끼 왕』, 『깜찍이 과학 스쿨』 등을 그린, 오렌지처럼 상큼 달달한 꿈을 그리는 작가입니다.

감수 샌드박스네트워크

최근 각광받고 있는 MCN 업계의 선두 주자. '크리에이터들의 상상력으로 세상 모두를 즐겁게!'라는 비전을 가지고 크리에이터가 자신의 창의력과 능력을 마음껏 발휘하는 디지털 문화 생태계를 조성하고자 합니다. 대표 크리에이터로는 '도티', '옐언니', '빨간내복야코', '루퐁이네' 등이 있습니다.

원작 **옐언니** | 글 **안도감** | 그림 **라임스튜디오** | 감수 **샌드박스네트워크**

아울북

펴내는 글

안녕하세요, 여러분! 옐언니입니따아앙! 아-핫!

옐린이 여러분과 함께한 지 어느덧 7년이라는 시간이 지났네요!
그만큼 여러분이 저를 사랑해 주었기 때문에 가능했던 일이겠죠?

옐언니의 코믹스 시리즈, 『옐언니』는 옐린이들의 사랑에 보답하기 위해
만들어진 책이에요!
댓글을 읽다 보면 옐언니의 영상을 보면서 힘든 일을 잊었다는 내용이 많
더라고요. 그래서 '무엇이 옐린이들을 힘들게 할까', '옐린이들을 위해 옐
언니가 무엇을 해 줄 수 있을까' 생각하고 또 생각해 봤어요. 그러다가 여
러분이 가장 많은 시간을 보내는 학교가 떠올랐고, '학교에서 생기는 고민
을 해결해 주고 싶다!'라는 결론에 이르렀답니다.

단짝 친구와의 다툼이나 가슴이 콩닥거리는 첫사랑 등 옐린이들이 학교
생활을 하다 맞닥뜨릴 수 있는 문제를 콕콕 집어 소개하고, 서투르더라
도 그 상황을 직접 헤쳐 나갈 수 있도록 해결 방법까지 준비했다는 사실!

평범한 초등학생이자 인기 너
튜버인 예서와 예서의 4차원
짝꿍 민희, 예서를 보고 알 수
없는 감정에 이끌리는 민준이와
다정하고 인기 많은 서준이, 도도한
다이아 수저 수지까지! 만화를 읽다 보면
매력 만점 캐릭터들 덕분에 웃음이 끊이지 않을
거예요. 게다가 여러분이 학교에서 실제로
겪을 법한 이야기들이 가득하니 엄청
공감도 될 거고요!

옐언니는 옐린이들의 학교생활을 언제나
응원해요! 그럼~ 구독, 알림 설정까지
부탁한~ 학교생활! 안뇽!

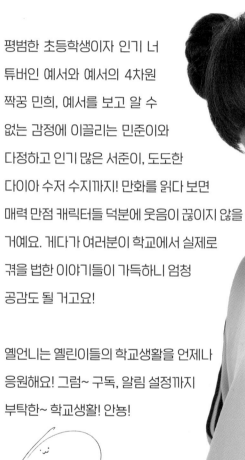

등장인물 소개

옐언니

하이 텐션에 과몰입 유발
너튜버, 초등학생들에게
인기 절정인 인플루언서

최예서

옐린초에 전학 온 거침없는
인싸이자 옐언니의 본캐!

김민준

무뚝뚝하고 잠도
많지만 태권도엔
진심인 태권보이

김서준

잘생긴 외모에
매너까지 탑재한
옐린초 여심 저격수

이미나&이주나

수지 팬클럽인 쌍둥이 자매,
수다쟁이 미나와 먹보 주나

한수지

도도한 다이아 수저이자
옐린초 여신

재민희

천방지축 깨발랄한
엉뚱 4차원 소녀

예서네 가족

언제나 사랑과 파이팅이 넘치는 K-가족

차례

프롤로그

오호호~! 눈이 펑펑 겨울 라이브 ····10

1화 온라인에서 일어나는 별별 일들 ····16

📝 옐린이 지켜! 온라인 안전 가이드 ····28

2화 수지에게 전하는 민준이의 진심 ····32

3화 옐린초 패션왕은 나야! ····44

4화 세상에서 하나뿐인 별별 상장 수여식 ····58

📝 추운 겨울 100% 즐기는 법, 나의 겨울나기 스타일은? ····72

5화 예서의 새해 결심 ⋯76

숨은 추억 찾기! 키워드로 돌아보는 지난해 ⋯88

6화 예서와 민준의 알콩달콩 주말 데이트 ⋯92

7화 예서네 가족의 특별한 차례 지내기 ⋯104

알아 두면 쓸모 있는 설날 꿀팁 ⋯116

8화 우리 수지가 달라졌어요 ⋯120

에필로그

함께라면 개학 준비 끝! 옐언니 라이브 ⋯134

6권 미리 보기 ⋯140

오호호~!
눈이 펑펑
겨울 라이브

난 올해 무슨 일이 있었더라…

올해 옐린초로 전학을 오기도 했고,

지금은 둘도 없는 찐친인 민희랑 크게 다툰 일도 있었고,

민준이와 사귀기도 했지. 민준이 마음을 처음 알았을 때는 얼마나 놀랐던지….

나는 네가 누구인지 알고 있다

제 폰엔 내꺼라고 저장해 뒀...

TV   웅니 넘 귀엽고 예뻐!

n   저 언니 만화 샀어요!

wp4c da   나는 네가 누군지 알고 있다...

바다   엄마, 아빠 빼곤 다 이름이에...

고   전 동생 바보라고 해 놓음

내가 옐언니라는 걸 들킨 일도 있었고 말이야….

1화

온라인에서 일어나는 별별 일들

다음 날

너 노래 잘하더라?

모르고 한 거라니까!

시꿀 시꿀

얘들아, 좋은 아침!

무슨 얘기 하고 있었어?

와하하

미나가 글쎄…! 크크크, 다시 생각해도 너무 웃기다!

흠흠…

그게…. 학원 비대면 수업에서 나도 모르게 데뷔 비슷한 걸 해 버렸거든….

학원에서 데뷔를 했다고?

20

고민을 보내 주세요~♡

옐린이들, 이번엔 옐언니의 고민을 가져와 봤어요.
옛날에 옐언니가 컴퓨터를 해킹당했던 것 기억해요?
옐언니는 우리 옐린이들도 그런 일을 겪을까 봐 걱정이에요.
옐린이들이 사이버 범죄에 당하지 않도록 꼭 도와주고 싶어요.
옐언니가 알려 주는 것들, 잘 들어 줄 거죠?

우리 옐린이를
건드리는 것들
거기 꼼짝 마!

무엇이든지 할 수 있는 인터넷은 재미있는
놀이터이지만 그만큼 위험한 공간이기도 해요.
인터넷 공간에서 옐린이가 스스로를 지킬 수 있도록
옐언니가 꼼꼼하게 알려 줄게요!

옐린이 지켜! 온라인 안전 가이드

SNS, 게임 등 온라인 세계에는 옐린이를 상처 주거나 유혹하는 것들이 많아요.
하지만 적을 알고 나를 알면 백 번 싸워도 다 이긴다! 옐언니와 함께 온라인 세계에서
우리가 조심해야 할 것이 무엇인지 알아봐요.

[온라인에서 벌어지는 사이버 범죄]

민희와 수지가 겪었던 악플, 기억나죠?
인터넷 게시판 등에 누군가를 향해 악의적으로
올린 글을 악플이라고 해요. 악플을 비롯해 컴퓨터,
통신, 인터넷 등을 이용하여 사이버 공간에서
벌어지는 범죄를 통틀어 사이버 범죄라고 해요.

[사이버 범죄의 유형은?]

옐린이들이 실제로 맞닥뜨릴 수 있는 사이버 범죄 유형에는 어떤 것들이 있을까요?

쑥덕쑥덕 사이버 험담 - 악플

'악성 리플'의 줄임말로, 악의적인 댓글을
뜻해요. 악플은 다른 사람의 정신 건강에
피해를 입히는 범죄 행위랍니다.

남의 정보를 쏙싹 - 해킹

다른 사람의 개인 정보나 위치 정보 등을 빼
내거나 컴퓨터를 망가뜨리는 행위를 말해
요. 이를 빌미로 협박을 하기도 하죠.

게임 아니고 범죄 - 온라인 도박

인터넷에서 돈을 걸고 운으로 승부를 내는
도박을 말해요. 범죄가 아닌 가벼운 게임으
로 인식되는 경향이 있어 친구들을 통해 전
파되거나 쉽게 중독되기도 해요.

도둑질한 콘텐츠 - 콘텐츠 불법 복제

웹툰, 영화, 드라마, 애니메이션 등을 불법
으로 복사하고 유포하는 걸 말해요. 불법 복
제 저작물을 함부로 다운로드하면 해킹을
당하거나, 유해 사이트로 연결될 수 있어요.

낯선 사람과의 대화는 조심 또 조심! - 온라인 그루밍

친밀한 관계를 형성한 뒤 이를 이용해 범죄를 저지르는 것을 그루밍 범죄라고 하는데, 그중
사이버 공간에서 이루어지는 것을 온라인 그루밍이라고 해요. 그루밍 범죄 피해자는 자신
이 피해자라는 것도 깨닫지 못하는 경우가 있어 큰 주의가 필요해요.

사이버 범죄 대처법 온라인 안전 상식 테스트

우리 주변에 도사리고 있는 사이버 범죄. 사실 사이버 범죄는 우리가 당하기도 쉽지만,
저지르기도 쉬워요. 그래서 옐언니가 준비했다, 온라인 안전 상식 테스트!

[온라인 안전 상식 테스트]

다음 중 그림을 보고, 사이버 범죄에 노출될 수 있는 행동을 골라 보세요.

① 친구들과 찍은 사진을 그대로 SNS에
　올린 예서

② 보낸 사람이 확실치 않은 메시지,
　메일을 열어 본 예서

③ 유료 콘텐츠를 무료로 이용할 수 있는
　사이트에 들어가 본 민준

④ 게임하면서 알게 된 사람에게 직접
　만나자는 연락을 받은 민희

[온라인 안전 상식 테스트 - 해설]

옐언니가 준비한 테스트를 풀어 봤나요? 빨리 정답을 알려 달라고요?
정답은 바로… 전부 다! 놀랐죠? 왜 그런지 천천히 설명해 줄게요!

① 친구들과 찍은 사진을 그대로 SNS에
   올린 예서

☞ 같이 찍은 사진을 친구의 허락 없이 인터넷에 함부로 게재하면 안 돼요. 친구의 얼굴은 되도록 가리고, 올리기 전에 허락받는 것도 잊지 마세요.

② 보낸 사람이 확실치 않은 메시지,
   메일을 열어 본 예서

앗!
메시지 왔다.

☞ 메시지나 메일에 있는 파일과 링크를 클릭하지 않도록 주의해요. 내 개인 정보를 훔쳐 가는 해킹에 당하기 쉽거든요! 이런 경우에는 상대방을 차단하거나 신고하는 게 좋아요.

③ 유료 콘텐츠를 무료로 이용할 수 있는
   사이트에 들어가 본 민준

타 타

☞ 이런 사이트는 대부분 불법이에요. 불법으로 복제한 콘텐츠는 그 콘텐츠를 창작한 사람의 권리인 저작권에 해를 끼치는 데다 창작자의 의욕을 떨어뜨려요.

④ 게임하면서 알게 된 사람에게 직접
   만나자는 연락을 받은 민희

우리 직접
만날까?

☞ 게임이나 SNS로 알게 된 사람과 직접 만났다가 자칫 범죄의 대상이 될 수 있어요. 만약 누군가가 만나자고 하면 부모님께 꼭 알리고, 상대에게 내 주소나 개인 정보를 절대 알려 줘선 안 돼요.

2화

수지에게 전하는
민준의 진심

38

43

3화

옐린초
패션왕은
나야!

4화

세상에서
하나뿐인
별별 상장
수여식

제가 제일 좋아하는 계절은 겨울이에요. 온 세상이
새하얀 눈으로 덮여 있으면 꼭 다른 세계에 온 것 같거든요!
그런데 딱 이맘때면 꼭 감기에 걸려서 일주일쯤 앓아눕기도 해요.
추운 겨울 건강하고, 재밌게 보낼 수 있는 방법은 없을까요?

옐언니만의
겨울 즐기는 법
알려 줄까~ 말까~?

겨울을 100% 즐기고 싶은 옐린이의 마음이
제대로 전해지는데요? 그런 옐린이를 위한
옐언니의 겨울나기 꿀팁 모두 전수할게요, 꼬고!

: 추운 겨울 100% 즐기는 법 나의 겨울나기 스타일은? :

간단한 테스트를 통해 여러분의 겨울나기 스타일을 알아보세요.
내가 어떤 유형인지 알아야 내게 맞는 방법으로 겨울을 제대로 즐길 수 있겠죠?

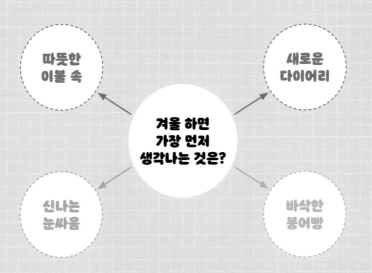

따뜻한
이불 속

새로운
다이어리

겨울 하면
가장 먼저
생각나는 것은?

신나는
눈싸움

바삭한
붕어빵

따뜻한 이불 속
: 이불파 최예서 스타일

추운 겨울에는 따뜻한 집이 최고라고
생각하는 옐린이! 집에서 바닥과 한 몸
이 된 것처럼 누운 채 포근한 이불을 두
르고 있으면 세상 부러울 게 없겠군요.

새로운 다이어리
: 계획파 한수지 스타일

겨울은 곧 새해의 시작이라고 생각하는
옐린이! 노는 것보다 계획 세우는 게 먼
저겠네요. 12월이 되면 새 달력과 다이
어리를 고르는 일이 큰 즐거움이겠어요.

신나는 눈싸움
: 활동파 재민희 스타일

눈이 오면 일단 밖에 나가서 눈을 뭉쳐
야 직성이 풀리는 적극적인 옐린이! 눈
싸움 외에도 눈썰매, 스케이트, 스키 등
다양한 겨울 스포츠를 즐기면 좋겠네요.

바삭한 붕어빵
: 미식파 이주나 스타일

붕어빵, 호떡, 어묵 등 겨울 대표 간식
을 떠올리기만 해도 설레는 옐린이! 붕
어빵 지도 앱을 활용해 동네 곳곳을 다
니며 겨울 간식을 맛보는 건 어때요?

나는야 겨울 패션왕! 유형별 겨울 코디 추천

옐린이 여러분의 겨울나기 스타일은 무엇이었나요?
이제 각자의 겨울나기 스타일에 맞는 코디와 아이템을 추천해 줄게요.
겨울을 즐기려면 꼭 필요한 것들이니까 다른 유형의 아이템도 참고해 보세요!

이불파 최예서 스타일 "따뜻한 이불 속이 최고야!"

추천 코디 : 이불처럼 포근한 코트
집에서 항상 이불을 두르고 있는 당신!
밖에서는 이불 대신 코트를 입어 봐요.
코트 안에 두꺼운 옷 하나를 입는 것보다
얇은 옷을 여러 겹 입는 게 더 따뜻해요.

추천 아이템 : 손난로
코트로는 추울 것 같다고요? 하지만 주머니 속에
손난로가 있다면 어떤 추위도 두렵지 않답니다!

계획파 한수지 스타일 "새로운 시작을 준비해야지."

추천 코디 : 단정한 떡볶이 코트
차분히 지난해를 돌아보고, 새로운 시작을
준비하는 당신에게는 단정하지만 귀여운
떡볶이 코트를 추천해요!

추천 아이템 : 장갑, 부츠
귀여움을 더해 주는 털장갑과
부츠를 더하면 감성도 따뜻함도
모두 챙길 수 있어요.

패션보다 더 중요한 건 건강인 거 알죠?
바이러스를 막아 줄 마스크도 잊지 말아요.
평소에 물을 많이 마시고, 외출 후에 손도 잘
씻는다면 오던 감기도 물러날 거예요!

활동파 재인희 스타일 "함박눈은 못 참지!"

추천 코디 : 가볍고 따뜻한 롱 패딩
추운 겨울에 야외에서 놀 때는 따뜻한 롱 패딩이
필수예요. 밝은색보다는 어두운색 패딩이
때가 덜 타서 놀기 편할 거예요.

추천 아이템 : 모자
모자가 있다면 눈싸움도 두렵지 않다!
특히 민희처럼 귀를 가릴 수 있는 모자를 쓰면
귀도 덜 시렵겠죠?

미식파 이주나 스타일 "간식에도 제철이 있다!"

추천 코디: 품이 큰 숏 패딩
찬 바람이 불 때면 거리에서 붕어빵
냄새가 나기만 기다리는 당신!
붕어빵이 식지 않게 품을 수 있는
품이 큰 숏 패딩을 추천해요.

추천 아이템: 붕어빵, 호떡, 귤, 어묵, 찐빵 등
겨울 하면 역시 맛있는 길거리 간식을 빼놓을 수 없겠죠?
하지만 너무 많이 먹으면 안 돼요~.

5화

예서의
새해 결심

고민을 보내 주세요~♡

옐언니, 이제 곧 새 학년이 시작된다니 너무 설레요!
그런데 작년에 있었던 일을 떠올려 보면 특별한 일은 없었던 것 같아요.
이번에는 뭔가 새로운 일을 해 보고 싶은데 어떻게 해야 할까요?

계획 짜는 데
이 한수지만 한
사람이 없지~!

새로운 일에 도전하려는 마음이 너무 기특하네요.
옐린이의 결심이 작심삼일로 끝나지 않도록
옐언니가 새해 다짐 오~래 지키는 법을 준비했답니다!

숨은 추억 찾기! 키워드로 돌아보는 지난해

미래를 계획하기 전에 지난 일을 되돌아보면 분명 배울 점이 있을 거예요.
지난해에 무슨 일이 있었는지 기억이 안 난다고요?
그럴 줄 알고 옐린이들의 생활과 아주 밀접한 키워드들을 준비했어요.

지난해에 나는 어떤 일을 겪었을까?

아래에 있는 키워드를 보고 지난해에 여러분이 경험했던 일이나 그와 관련된 감정이
떠오르는 것에 동그라미 해 보세요.

#학교	#가족	#기쁜	#공부	#좋아하는 사람
#집	#친구	#슬픈	#영화	#닮고 싶은 사람
#공원	#선생님	#화난	#공연	#친해지고 싶은 사람
#학원	#친척	#뿌듯한	#여행	#재미있는 사람
#문구점	#이웃	#아쉬운	#취미	

키워드들을 보니 옐언니도
지난해의 기억이 새록새록 떠오르네요.
옐언니가 제시한 키워드 외에
더 생각나는 것이 있다면 얼마든지
더 적어 봐도 좋아요!

오~래 가는 올해의 목표 세우는 법

지난해에 생각보다 많은 일이 있었죠? 이번엔 여러분이 올해에 이루고 싶은 목표를
생각해 봐요. 그리고 목표를 이루기 위해 할 행동도 하나씩 적어 볼까요?
아직 막막하다면 예서의 올해 결심을 참고해 봐요.

최예서 의 올해 결심

학교

→ 목표: 전학 와서 새로운 친구를 많이 사귀었어. 다른 친구들과도 더 친해져야지.

→ 행동: 다음 운동회에 반 티셔츠도 맞추고, 친구들과 응원도 재밌게 할래!

가족

→ 목표: 여름에 언니랑 백화점에 갔을 때 재밌었지. 언니랑 더 자주 놀고 싶어.

→ 행동: 언니가 사진 찍는 걸 좋아하니까 우선 함께 오늘네컷 찍으러 가 볼까?

아쉬운

→ 목표: 친구들과 오해가 많았던 것 같아. 올해에는 그런 일이 없었으면 좋겠어.

→ 행동: 친구들에게 표현도 많이 하고, 꼭 전하고 싶은 말이 있으면 편지라도 쓸 거야.

취미

→ 목표: 내 너튜브에 새로운 콘텐츠를 하나 만들어 보고 싶어.

→ 행동: 내 학교생활 이야기를 드라마로 만들면 어떨까? 제목은 '잼민의 사랑'!

옐린이들의
올해 결심
다 이루어져라~!

_____의 올해 결심

\#_____

→ 목표:_____

→ 행동:_____

\#_____

→ 목표:_____

→ 행동:_____

\#_____

→ 목표:_____

→ 행동:_____

\#_____

→ 목표:_____

→ 행동:_____

6화

예서와 민준의
알콩달콩
주말 데이트

다시, 예서와 민준

어때? 괜찮아?

완전 잘 어울려~!

남은 겨울 동안 끼고 다니면 되겠다.

잃어버리면 안 돼~!

어? 벌써 노을 지네.

오늘 시간이 왜 이렇게 빨리 가는 거야?

잘 끼고 다닐게!

어두워지기 전에 집에 가야겠다.

그러게….

음…, 있잖아. 예서야.

응?

아쉬워….

그러니까… 그게….

7화

예서네 가족의 특별한 차례 지내기

으음~.

맛있다!

잠 좀 깼으면 씻고 언니한테 가서 제사상 차리는 것 좀 도와줘.

네~.

이 한자는 대체 어떻게 쓰는 거람?

언니~! 뭐 도와줄 거 있어?

*지방 쓰는 중

마침 잘 왔다. 지방 쓰기는 너무 어려우니까 일단 넘어가고…

먼저 제사상에 음식부터 올리자. 놓는 법은 내가 찾아서 알려 줄게.

*지방: 제사나 차례 때, 조상의 이름을 써서 만든 나무패

112

고민을 보내 주세요~♡

저희는 명절이 되면 할머니 댁에 온 가족이 모여요.
그런데 친척이 제법 많아서 고모인지 숙모인지, 삼촌인지 작은아버지인지,
뭐라고 불러야 할지 너무 헷갈려요. 새해 덕담을 건네고 싶은데
뭐라고 말해야 할지도 모르겠고요. 옐언니가 알려 주세요!

설날에 대해서
알고 싶은 옐린이

모두 소리 질러~!

옐언니

차례도 지내고, 세배도 드리고, 덕담도 듣고…
옐린이들도 할 일이 많은 바쁘다 바빠 설날!
설날의 먹거리와 풍습, 친척간 호칭, 새해 덕담
나누기까지, 옐언니가 빠짐없이 알려 줄게요!

：알아 두면 쏠모 있는 설날 꿀팁 ① 먹거리와 풍습 편：

설날에 대해 잘 모르는 옐린이들을 위해서 옐언니가 준비했다.
알아 두면 **쏠**모 있는 **설**날 꿀**팁**! 옐언니와 함께 설날에 대해 알아보자고요.

설날이란?

설날은 한 해의 시작인 음력 1월 1일을 말해요. 새해가 시작되는 것을 기념하는 우리 나라의 대표적인 명절이지요. 설 자체는 음력 1월의 첫째 날, 하루를 가리키지만, 예전 에는 음력 1월 15일인 대보름까지 명절로 여겼대요. 설날 아침이 되면 차례를 지내고, 웃어른께 세배를 드린 뒤에 윷놀이, 연날리기, 널뛰기 등 다양한 놀이를 즐겼답니다.

[설날 먹거리]

떡국

설날에 차리는 음식을 세찬이 라고 해요. 대표적인 세찬으 로는 떡국이 있지요. 쌀로 만든 가래떡을 얇게 썰어 국에 넣고 끓여 만든 음식이에 요. 예로부터 설날에 떡국을 먹어야 나이 를 한 살 더 먹을 수 있다고 여겼어요.

부럼

예전에는 설 명절과 이어 졌던 정월 대보름, 즉 음력 1월 15일에는 땅콩, 호두, 밤 등을 깨물어 먹는 풍습이 있어요. 이런 단단한 열매를 부럼이라고 하는데, 부럼을 깨물면 한 해 동안 부스럼이 나지 않는다고 믿었거든요.

[설날 풍습]

연날리기

바람을 이용해 연을 하늘에 띄우는 놀이예요. 설날 전날 부터 연날리기를 시작해서, 정월 대보름에는 불운을 미 리 보낸다는 의미로 줄을 끊어 연을 하늘 로 날려 보냈다고 해요.

설빔

설을 맞아 새로 장만하여 입 는 옷을 설빔이라고 해요. 설 날이 되면 새해를 기념하여 남녀노소 모두 깨끗하고 단정한 새 옷을 입었어요. 특히 어린아이들은 색동저고리처럼 색깔 이 화사한 옷을 입었지요.

알아 두면 쓸모 있는 설날 꿀팁 ② 호칭 편

설날에 친척들이 모이면, 어떻게 불러야 할지 몰라 머뭇거렸던 적이 있나요?
그런 옐린이들을 위해 옐언니가 친척 호칭 가이드를 준비했어요.

[헷갈리는 친척 호칭 가이드]

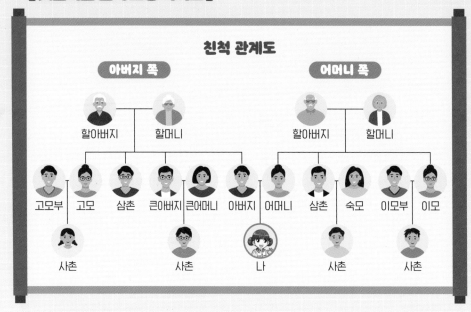

Q1. 큰아버지에게 삼촌이라고 불러도 되나요?

A1. 아버지의 형은 '큰아버지', 아버지의 남동생은 '작은아버지'라고 부르는 것이 전통적인
호칭이에요. 다만 아버지의 남자 형제가 결혼하지 않았다면 '삼촌'이라고 불러도 돼요.

Q2. 큰아버지가 여럿이면 어떻게 구분해서 부르나요?

A2. 만약 아버지의 형이 여럿이라면 아버지의 첫째 형은 '첫째 큰아버지', 둘째 형은 '둘째
큰아버지'라고 구분해서 부를 수 있어요. 작은아버지의 경우에도 마찬가지예요.

Q3. 엄마 쪽 할아버지는 원래 외할아버지라고 부르지 않나요?

A3. 예전에는 아버지 쪽 할아버지는 '친할아버지', 어머니 쪽 할아버지는 '외할아버지'라고 불
렀어요. 하지만 '친(親)-', '외(外)-'라는 표현은 과거에 아버지 쪽의 친척을 더 가깝게 여
겼던 문화에서 비롯된 말이에요. 요즘에는 양쪽을 구분하지 않고 모두 '할아버지', '할머
니'라고 부르는 경우가 많답니다.

알아 두면 쓸모 있는 설날 꿀팁 ③ 덕담 편

[릴레이 덕담 챌린지]

새해를 맞아 가족에게 덕담을 하고 싶은데 막상 말하려니 좀 쑥스럽나요?
그럴 땐 릴레이 덕담 챌린지를 해 봐요! 한 명씩 돌아가면서 상대에게 덕담을 해 주는
의미 있는 챌린지예요.

준비물

색종이 🟦 가위 ✂️ 볼펜 🖊️

진행 방법

1. 색종이를 카드 모양으로 자르고, 한 면에 가족들의 이름을 쓴다.
2. 이름이 쓰인 종이를 뒤집어 잘 섞는다.
3. 섞은 종이를 한 장씩 나눠 가진다.
4. 가위바위보를 해서 이긴 사람부터 종이를 뒤집어 이름을 확인한 뒤,
   그 사람에게 덕담을 건넨다.
5. 이름이 적힌 종이를 모두 뒤집을 때까지 반복한다.

덕담이 고민된다면?

덕담을 어떻게 해야 할지 고민될 때는 아래의 팁을 참고해 봐요.

1. 첫마디는 "새해 복 많이 받으세요!"로 시작하면 좋아요!
2. 덕담을 들을 사람이 올해 가장 바라는 일이 무엇인지 생각해 보세요.
3. 그 바람이 꼭 이루어지길 바라는 마음을 잘 전달해 보세요.

예시

할머니!
새해 복 많이 받으세요.
올해도 건강하시고
좋아하시는 가수 앨범이
새로 나오면 같이 들어요!

가족뿐만 아니라
친구들끼리도
할 수 있어요!

새 신발!

새 장갑!

그리고
새 코트까지!

얘들아,
좋은 아침!

방학 동안
잘 지냈어?

예서 자리에 웬 인형이
저렇게 많은 거야…?

슬쩍

남자애들한테
받았나 보네.

예서는 역시
인기가 많구나….

오늘은 집에 그냥
가야겠어….

오늘 예서랑
학교 끝나고 놀기로 했는데….
저 인형들 다 들고 가려면
못 노는 거 아냐?

스윽

앗, 고양이다~.

흥

그러고 보니 수지 고양이 상이네!

참 나~. 내가?

내심 마음에 듦.

있잖아….

오늘 점심 같이 먹을래?

활짝

좋아! 급식실 갈 때 불러!

누구야?

버럭

누가 예서 선물을
쓰레기통에
버린 거야?

본 사람
없어?!

내가 범인
꼭 잡고 만다!

비몽

사몽

예서…?

선물…?

…헉!

흠칫

133

함께라면 개학 준비 끝! 옐언니 라이브

138

6권 미리 보기

: #명탐정 수지의 대활약 :

명탐정 수지와 조수 민지
날카로운 추리가 빛난다

대체 누가
인형들을
버린 거야…?

이 셜록 수지가
범인을 꼭
찾고 말겠어!

이건 사건의
단서가 분명해!

#예서의 눈물

기다리던 데이트 날, 하지만 민준이가 나타나지 않는다…?

> 민준이가 왜 이렇게 안 오지?

하염없이 기다려도 민준이는 오지 않고….

(두고박긴민준ㅠㅠ)

예서는 결국 눈물을 보이는데….

> 예서야, 미안해!

약속 장소에 나가지 못하고 몰래 우는 민준의 사연은?

: #언니의 위로 :

평소에 예서에게 한없이 까칠히 언니의 새로운 모습?

쉼 없이 깐족거리던 예서가 눈물을 흘리다?! 예서를 위로하는 언니만의 특별한 방법은?

**수지의 끈질긴 추궁에
결국 진실을 털어놓은 민준!**

**과연 민준이의 사과는
예서에게 닿을 수 있을까?**

지독한 삼각관계의 끝?
6권을 기대해 주세요!

1판 1쇄 인쇄 2025년 1월 14일
1판 1쇄 발행 2025년 2월 12일

원작 옐언니
글 안도감 **그림** 라임스튜디오
감수 샌드박스네트워크
펴낸이 김영곤

프로젝트4팀장 김미희 **기획개발** 신세빈 김시은 정윤경 **마케팅** 전연우
디자인 박숙희 **교정교열** 이종미
아동마케팅팀 명인수 양슬기 손용우 이주은 최유성
영업팀 변유경 한충희 장철용 강경남 황성진 김도연
제작팀 이영민 권경민

출판등록 2000년 5월 6일 제406-2003-061호
주소 (우 10881) 경기도 파주시 회동길 201(문발동)
대표전화 031-955-2100 **팩스** 031-955-2151
홈페이지 www.book21.com

┌─ 다양한 **SNS 채널**에서 ──────
  아울북과 을파소의 더 많은 이야기를 만나세요.

  인스타그램   페이스북   네이버카페   네이버포스트
  @owlbook21   @owlbook21   owlbook21   아울북 and 을파소

ISBN 979-11-7117-349-5 74810
ISBN 979-11-7117-344-0 74810 (세트)

• 제조사명: ㈜북이십일
• 주소 및 전화번호: 경기도 파주시 회동길 201(문발동) / 031-955-2100
• 제조연월: 2025.2
• 제조국명: 대한민국
• 사용연령: 3세 이상 어린이 제품